U0130781

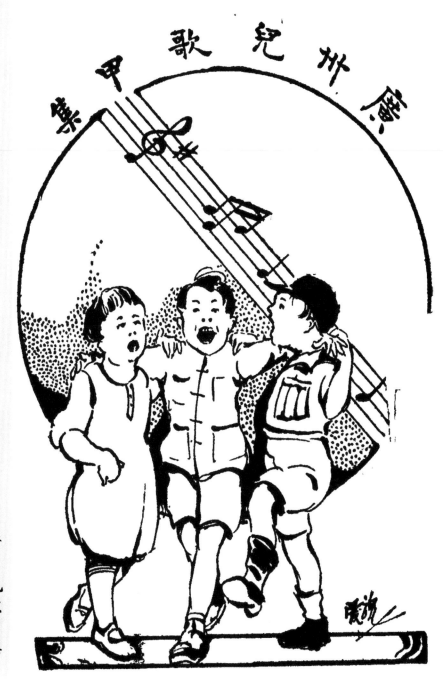

The Folklore Soeiety Series

A COLLECTION OF CANTONE' CHILD SONGS

National Sun Yatsen Universty

Canton China

All Rights Reserved

中華民國十七年六月初版

廣州兒歌甲集

▲每冊定價大洋三角▼

編纂者　　劉萬章

編審者　　民俗學會

發行者　　國立中山大學語言歷史研究所

承印者　　明星印刷局★廣州九曜坊★

2

顧序

廣東的民間文藝，因為方言的獨特，自成一個發展的系統。戲劇有粵劇，歌詞有粵謳，民眾作家和士流作家通力合作，成功了不少的作品。歌謠、諺語、故事等等，以前人雖沒有搜集，但材料的豐富是一樣的。這些東西，外方人雖不容易完全懂得，而民族性的強固，表現力的真摯，總也可以粗粗地感到。

我的吳歌甲集寫成的時候，胡適之先生替牠作上一篇序，其中有一段，大意是：中國各地的方言已經產生了三種方言文學：第一是北京話，第二是蘇州話（吳語），第三是廣州話（粵語）。北京話產的文學最多，傳播也最遠，這是建都的關係。吳語文學因崑曲而成

3

立，到今已有三百餘年了。粵語文學以粵謳爲中心，起于民間而仿

作於文人，百餘年來在韻文方面可算是很有成績的。

　　但是，我們要明白，外力人所以能知道「粵謳」這個名詞，就因

爲文人的仿作。假使沒有招子庸一班文人大膽仿作，就是粵謳在廣

東民間風行過十倍，外力人也未必知道。正似竹枝詞本是巴渝的民

間歌曲，自從劉禹錫們仿作之後，在文壇上就成了一個重要的格式

。我們翻開無論何人的詩集差不多總可以找到幾首；我們認出「竹

枝詞」這個名詞來，凡是讀書人差不多都可以回報出牠的意義形和

式。這個調子是做得爛了！可是，原來在巴渝民間風行的竹枝詞，

我們能找到一首嗎？我們只能泛舟于潢汙行潦之水，而不能乘槎直

達星宿海，這是何等煩悶的事！

所以，我們既知道方言文學有建立的理由，我們便常盡力搜求

真正的民間材料，從扮演的戲劇到隨口稱說的故事，從合樂的謳到

徒歌的謠，一切收取，使得方言文學永遠保存新生的活氣。要保住

川流的清潔，惟有常開上游的閘呀！

劉萬章先生是一個極能搜集材料的人，他標點了粵謳，調查了

廣州婚喪風俗，更編成這冊廣州兒歌甲集。我們一向不到的粵中

小孩子的歌謠，現有是看到一部份了，他們是第一次露臉！

萬章先生給我看這本稿子，我翻讀過，很使我驚異，因為其中

有許多和蘇州的兒歌太相像了。今舉出數則于下：

一（粵）排排坐，吃果果，…貌兒扣橈姑婆坐。（本集第八

十九首排排坐）

（蘇）排排坐，吃果果，爹爹轉來割耳朵。（吳歌甲集第

十首）

二

（粵）長手巾，搭房門；短手巾，抹茶盆，抵到茶盆光了光，照見新娘搬嫁裳。（本集第六十首 一把 樹仔）

（蘇）長手巾，挂房門；短手巾，楷茶盆，楷個茶盆亮晶晶。（甲集第廿四首）

三

（粵）搖櫓櫓，賣櫓櫓，阿爺撐船過海娶心抱（媳婦）。

（本集第八十六首搖櫓櫓）

（蘇）搖大船，擺渡過，大哥船上討新婦。（甲集第十七首）

四

（粵）雞公仔，尾彎彎，做人心抱（媳婦）甚艱難：早早起

6

身都話晏，眼淚唔乾入下間。（木集第二十一首雞公仔）

（蘇）陽山頭卜花小籃，新做新婦多許難：朝晨提水燒粥

飯，……眼淚汪汪哭進房。（甲集第六十二首）

五　（粵）月光月白，小摸偷雞竇。育公睇見：哪佬喊賊：跛

手打鑼；折腳追賊。（本集第八首月光月白）

（蘇）亮月白堂堂，賊來偷醬缸。聲聲聽另仔：瞎子忌

見仔；啞子瞎起來；道腳追上去。（丙集）

又如「二個月光照九州」一首，即古代吳歌「月子彎彎照九州」之變相

；蘇州已失傳了，而廣東還留著。其中最相同的是接字的……。本書

中有接字歌多首（本集第八十五首姑丈扭凳，第三十五首打掌仔

第一首月光光），今鈔一首作例：

六 （粵）月光光，照地塘。年卅晚，摘檳榔。檳榔香，摘子薑。子薑辣，買葡達。葡達苦，買豬肚。豬肚肥，買牛皮。牛皮薄，買菱角。菱角尖，買馬鞭。馬鞭長，起屋梁，屋梁高，買張刀。刀切菜，買蘿蔔。蘿蔔圓，買隻船。船漏底，沈死兩個番鬼仔！（月光光）

（蘇）天上星，地上星。太太叫我吃點心。弗高興，買糕餅。糕餅甜，買斤鹽。鹽未鹹，買隻籃。籃未漏，買升荳。荳未香，買塊薑。薑未辣，買隻鴨。鴨未叫，買鳥。鳥未飛，買隻雞。雞未啼，買隻 光梨。（甲集第十三首）

從上面這些證據看來，我們可以知道歌謠是會走路的：牠會從江蘇

浮南海而至廣東，也會從廣東趨東海而至江蘇。究竟哪一首是從哪裏出發的呢？這未經詳細的研究，我們不敢隨便斷。我們只能說這兩地的民間文化確有互相流轉的事實。

其實，豈獨江蘇呢，廣東的民間文化同任何地方都有互相流轉的事實。試讀下面這首老鴉：

老鴉，老鴉，叫喈喈。提籃進城賣香花。一賣賣到太婆家。又是扯，又是拉，拉我拉來拉去吃、此句疑有缺文）風吹帳子看兒她：烏頭髮，白玉牙。囘到家裏對媽說，「快川花轎娶來家！」

這首歌可以斷言，不是廣州土產。廣州話中，第三身代名詞是「佢」，所以這一册兒歌集中言「佢」處甚多，例如相思仔「大哥打佢

三巴掌」，一個細蚊「爹娘問佢叫細食」。為什麼佢這首歌裡竟稱起

「他」來？呵，這歌原是董作賓先生用全力研究過的「看見他」呀！董

先生研究此歌，從北京大學歌謠研究會中所藏一萬餘首歌謠中鈔出

類似的四十八首，研究出他的流傳的系統，假定這首歌發源于陝西

中部，傳到山西，直隸、河南、山東、遍及黃河流域；又從陝西傳

到四川而李湖北，湖南，又從江蘇而至安徽，江西、差不多也傳遍

了長江流域。惟獨珠江流域，他沒有覓到一首。他在統計表中說：

北大所行廣東歌謠六百四十首，照北方的比例，應當找出此歌三首

；現在一首也沒有，足見是沒有的了。那知萬章先生輯錄這書，馬

上把這個假設推翻了——！看見他的歌，廣東是有的！於是我們要研

究，這歌是從哪裏傳到廣東的呢？我把董先生所集的四十五首（北

心一堂　粵語·粵文化經典文庫

京大學歌謠週刊第六十二號）翻看一遍，覺得和這首最相似的是湖

南江華縣的一首：

喜鵲呌，尾巴啥。我到南京買翠花。一寶寶到丈母家。丈母

扯，舅嫂扯，拉我家去吃杯茶。風吹門簾望見他：烏頭髮，

白臉巴。囘家向我爹娘說，『快用花轎娶來家！』

江華縣是在湖南南部，正和廣東西北部的連山縣接境。那麼，這歌

一定是從北江流進來的了。（將來粵漢鐵路通了之後，從湖北湖南

傳進來的東西多着呢！）

但是，我又要下一個假設：這歌在廣州民間是不十分流行的。

所以有此猜想之故，因為第三身代名詞稱他（或她）的區域，想到

未婚妻，說到看見『她』便覺得很親切，很感受愉快。因此，這歌的

11

韻腳的中心是「她」，從「她」化開來繞有「鴉」，「喳」，「花」，「家」，「扯」，「拉」，「茶」，「巴」，「牙」，「家」諸韻。若對於這個韻腳中，並不感到親切有味，則對于此歌本身便形隔膜而減少了流傳的能力。例如汪蘇，這首歌可以傳到南京，傳到如皋，而傳不到蘇州，只因為蘇州人不稱「她」而稱「婭」了。廣州既稱「佢」，則其對于此歌之不親切正與蘇州相同，恐怕這歌是偶然流來的，或者限于有某種特殊情形的兒童歌唱着。如果這個假設不誤，則董先生的說話還是不能推翻。

要研究歌謠，必須有歌謠的材料，又必須有幫助研究歌謠的材料。北京大學設立了歌謠研究會之後，所以繼續設立風俗調查會，方言調查會，就是希望覓得這些幫助研究的材料，來完成歌謠的

研究。但這些幫助研究的材料一經獨立之後，又需要許多許多他種幫助研究的材料了。學問必要這樣做，才可使研究者的趣味一天濃過一天，研究者胸中所懷的問題一天多過一天，而學問的重要才得一天超過一天。本校民俗學會初事興辦，我們深深地祝頌它的發達。因為以前北大所藏，困于經費，未能印出，大家要見這種材料很不容易，所以我們主張出刊物，使得這些材料不但為我們學會的材料而為學術界公有的材料。更希望各地的人看了我們的工作，都肯把自己在家鄉最感趣味的民間文藝盡量地搜集，編成專冊，寄給我們出版。

萬章先生，這冊兒歌不是我慫慂你付印的嗎？現在又要慫慂你了：廣州的婦女們的歌，農工們的歌，以及他們傳說的故事，常常

一一

引在口頭的諺語，總是很多的，盼望你努力搜探，陸續整理，完成

你的事業，完成你在這個時代所負的使命！

顧頡剛。　十七年六月三日。

總目錄

廣州兒歌甲集 目錄

一

廣州兒歌甲集

15

二

心一堂　粵語·粵文化經典文庫

20

七

心一堂　粵語・粵文化經典文庫

九

23

一 月光光

月光光，

照地塘；

年卅晚，

摘檳榔；

檳榔香，

摘子薑；

子薑辣，

買葡突；

葡突苦，

買猪肚，

猪肚肥，

買牛皮；

牛皮薄，

買菱角；

菱角尖，

買馬鞭；

馬鞭長，

起屋梁；

屋梁高，

買張刀；

心一堂 粵語・粵文化經典文庫

刀切菜，
買籮蓋；
羅蓋圓，
買隻船；
船漏底，
沉死兩個帶鬼仔：
一個蒲⓶頭
一個沉底，
一個匿埋⓷門扇底，
惡惡⓸食孖⓹油炸燴，（六）

(一)「蒲矢」苦瓜也。

（二）「薸」與「浮」同。

（三）「揾」入也。

（四）「碌碌」嚙硬物聲。

（五）「孖」雙也。

（六）「油炸粿」即油條。

2 月光光

月光光，

照地塘，

照見廣東白米行，

照見丫環來糶米，

頭髮乂長，花粉乂香；

點得⊖我個⊜嬌妻作⊜一樣？

熱茶途㊃飯透心涼！

廣州兒歌甲集

（一）「點得」卽安得也。

（二）「個」的「也。

五

29

(三)「佢」，他也，指丫環。

(四)「溢」，以茶和飯而食也。

六

3 月光光

月光光，

照紗窗：

照得契爺婆契娘(一)，

契娘頭髮未曾長，

遲得兩年梳大髻，

嘭嘭打打(二)草返歸(三)，

（一）「契爺」與「契娘」即寄父母也。

（二）「嘭嘭打打」吹打樂聲。

（三）「草」娑也。

七

4 月光光

月光光、
月明明，
亞公保佑我聰明！
人拜我又拜，
拜到明年好世界，
亞爹打枝金簪亞媽帶，
我唔●帶，
丟落牀頭老鼠拉，
拉去邊●？

拉去大新街，

大新街有乜嘢◯賣？

有珍珠賣。

（一）「唔」不也。讀若ㅁ

（二）邊卽何處。

（三）乜嘢何物也。乜讀若⋯⋯

5 月光光

月光光，

月亮亮，

騎馬去燒香，

燒死王大姐，

氣死王大娘。

6 一個月光照九州

一個月光照九州，

照見九嫂沒梳九月頭，

九哥返到沙灘口，

九嫂搽脂粉又搽油，

買定素馨● 傍髻後，

梳把長鬃墜到落膊頭○●

（一）「素馨」花名。

（二）「膊頭」肩頭也。

7 一個月光照九州

一個月光照九州，
有人快活有人愁，
有人樓上吹簫鼓，
有人地下歎風流。

心一堂 粵語・粵文化經典文庫

二一

8 月光月白

月光月白，

鼠摸❶偸蘿蔔；

盲公睇見，

啞佬喊賊，

跛手打鑼，

折脚追賊。

跛仔捉倒❷，

右❸牙婆咬他兩啖

（一）「鼠摸」即「小竊」。

（二）「促倜」即「趕者」。

（三）「冇」無也，讀若 mou

9 一粒星

一粒星，

照大廳，

大廳有個酒壺餅，

十個酒壺九個蓋；

十朵蓮花九朵開，

九朵唔❶ 開唔水浸。

（一）「唔」不也，讀者……

10 一粒星

一粒星，

照微微，

大姊鍾條金鎖匙，

金甌鍾❶飯亞娘食，

銀甌鍾飯阿娘添❷；

買隻白馬亞娘騎，

騎去邊？❸

騎去廣西西局尾，

馬尾罰❹開榕樹頭，

榕樹遮陰官飲酒，

摘朵梅花落酒杯心，

心對心，

找對耳環金對金，

行到花園漏減隻，

人嗰[五]採花大半月，

我嗰採花大半年。

（一）「裝飯」，盛飯也。

（二）「添」再也，；常放於句尾。

（三）「邊」何處也。

（四）「罰開」散開也。

（五）「人哋」人們也哋，讀若地。

心一堂　粵語・粵文化經典文庫

一八

11 一粒星

一粒星，

照沙窻；

照見大娘草❶二娘，

二娘頭髮未曾長，

頭髮長，梳大髻，

梳起大髻呲呲打打❷草翻歸❸。

（一）「草」娶也。

（二）吹打聲音。

（三）翻與囘同。

12 金燈盞

金燈盞，

銀燈心，

點歸房內照新人；

今年娶個新心抱，●

明年生個狀元君；

外祖亞婆真價勢，●

十埕黃酒九籠雞；

有個姨娘好手勢，

繡條摺●帶十分威●，

繡出兩便牡丹藏月桂，

雙鳳朝陽映日葵。

（一）「心抱」媳婦也。

（二）「僆勢」有架子也。

（三）「揹帶」負小孩帶子也。揹讀若……

13 老鴉

老鴉老鴉！

呌喳喳，

提籃進城賣香花，

一寶寶到大婆家，——

又是扯，

又是拉，

拉我拉來拉去吃飯，

風吹帳起看見她：

烏頭髮，

白玉牙，

囘到家裡對媽說：

「快用花轎𦥯①來家」！

(一)「草」娶也。

二二三

14 白鶴仔

白鶴仔，

企田基，

口含花樹彈胭脂，

姊妹不來待幾時？

又有枕席，

又有檳榔擺田基！

15 白鶴仔

白鶴仔，

企神檯，

望見姑婆搭渡來。

雪白檳榔銀匣載，

打扮姑姑嫁秀才！

大舅有錢開匣睇（一），

亞媽冇（二）錢唔（三）敢開。

（一）「睇」看也。讀若 tai

（二）「冇」無也。讀若 mou

廣州兒歌甲集

（三）「唔」不也。讀者

16 白鶴仔

白鶴仔，

企長檯，

金打檳榔銀匣載，

爹媽冇①錢唔②敢開，

大舅有錢開匣睇③，

打扮姑姑嫁秀才。

(一)「冇」無也，讀若 mou

(二)「唔」不也，讀者 ŋ

(三)「睇」即「看」讀若 tai

二十

51

17 黃狗仔

黃狗仔，

汪汪吠，

吠你老爺來歸；

老爺來歸有乜嘢〔一〕䑏？

竹笋炒鷄公，

鷄公肉可食，

搬去拜太公〔二〕！

〔一〕「乜嘢」即「什麼」，乜讀者 mot

〔二〕「太公」即祖先。

18 相思仔

相●思仔，

兩頭遊，

游去大哥處織絲綢；

織得幾多尺？

織得二丈八，

大哥打佢三巴掌，

大嫂打佢三竹枝，

爲乜●來由哥嫂氣？

不如跟着三哥去釣蜢蜞，

二九

人釣螃蜞隻隻起，
我釣螃蜞基過基！

（一）「相思」，鳥名。

（二）「乜」何由也；或何因也。讀者mut

19 麻雀仔

麻雀仔，

担●樹枝，

担去崗頭望阿姨。

阿姨梳隻盤龍髻，

摘朵梅花伴鬢圍。

腰帶㊀又長脚又細，

大好花鞋沾落泥！

……　……

（一）「担」，銜也。

（二）「腰帶」婦女概腰帶。

20 麻雀仔

麻雀仔，

企瓦坑（一）；

舅父聲聲留我食晏（二），

舅父晤聲（三）我晤行。

（一）「瓦坑」屋面之瓦槽。

（二）「晏」中飯也。

（三）「晤聲」即不開口，晤讀若

21 雞公仔

雞公仔，

尾彎彎，

做人心抱〔一〕甚艱難！

早早起身都話晏，

眼淚唔〔二〕乾入下間，〔三〕

下間有個冬瓜仔，

問安人〔四〕老爺〔五〕羨定〔六〕蒸：

安人又話煮，

老爺又話蒸，

57

蒸蒸賣賣唔中安人老爺意，

大揸⑺拉鹽又話淡，

手甲挑鹽又話鹹，

三朝打爛三條夾木棍，

四朝跪爛四條裙！

咁⑻好花裙俾你跪爛，

咁好石頭俾你跪崩！

橫又難，

直又難，

不如舍命落陰間！

人話陰間條條路好，

我話陰間條路好艱難！

（一）「心抱」媳婦也。

（二）「唔」不也，讀若ㄣ

（三）「下間」厨房也。

（四）「安人」家姑也。

（五）「老爺」家翁也。

（六）「定」或也。

22 雞公仔

雞公仔，

尾婆娑，

三歲孩兒學唱歌，

唔使❶爹娘敎導我，

自己精乖冇❷奈何！

（一）「唔使」不用也。唔讀者 m

（二）「冇」無也。讀者 mou

23 鷄公仔

鷄公仔，

尾鬆鬆，

人扒韭菜你扒葱，

扒開葱頭壅韭菜，

韭菜開花滿地紅，

大姐行埋●摘一朵，

二姐行埋摘一雙，

三姐行埋衫袖攏，

攏去歸做乜嘢●？

三七

攬去歸阿媽插花筒，

插起花筒四邊坐，

四邊四便四條龍：

一條上天天吊水，

二條落地灑芙蓉，

三條件住娘裙帶，

四條同姊入房中。

（一）「行埋」行近也。

（二）「做乜嘢」即「做什麼」也，乜，讀者mat嘢讀野。

24 鷄公仔

鷄公仔，
尾拍拍；
我跟亞爹去見客，
見齊世叔兼世伯；
每人分我幾文錢，
足足草埋⚫有幾百；
買對皮鞋仔，
響失失⚫，
買枝風槍仔來打賊；

自小練到精，

大嚓唔●怕嚇。

（一）「草揰」：「積善起來」也。

（二）「失失」：登鞋行路聲。

（三）「嚓」：同「來」，「唔」不也。讀者

25 鷄公仔

鷄公仔，

尾高髙；

養兒養女唔洗●咁●心粗，

心肝唔記得父母功勞。

（一）「唔洗」即「免」也唔讀若⸗

（二）「咁」，「過於」也。讀者 kɔm⸗

26 鷄公仔

鷄公仔,

尾拖長,

婆婆壽誕捉你來劏,●

金鷄正是翻朝寶,

老人食得壽綿長;

又會驚醒秀才勤習讀,

又會驚醒姑娘在綉床!

（一）「劏」殺也。讀者湯字音,

27 鷄公仔

鷄公仔，

美團團，

人做丫環眞正賤；

我做丫環快活過神仙；——

小姐綉花奴做解線，

小姐彈琴我做和弦！

28 鷄公仔

鷄公仔，

膝頭烏，

大哥叫妹做姨夫；

姨夫扎起金腰帶，

亞姨着綠花鞋，

花鞋花腳帶，

珍珠兩邊排。

有錢打封哈𠾵鼓●，

有●錢打個石榴碑。

（一）「吟噊鼓」，小兒玩具。

（二）「冇」無也，讀若ㅇㅑㅇ。

29 鷄公公

鷄公公，

莫如抓薯莫抓葱，

抓到江頭撈韮菜，

韮菜開花滿樹紅，

大姊行埋●摘一朵，

二姊行埋衫袖攏，●

攬咁●多去歸做乜嘢？

攬咁多去歸插花筒，

插起花筒四便面，

面前搽粉後梳鬃，

帶起金釵來磨穀，

四便烟塵滾後鬃！

~~~ ~~~~~~~ ~

（一）「行埋」行近也。

（二）「衫袖攔」用衫袖藏花也。

（三）「咁」這麼也。讀若 kom

（四）「做乜嘢」卽「做什麼」也。乜讀若 mat 嘢讀若野。

30 凸甲仔

凸甲●仔，

飲唊●油，

亞哥叫妹織絲綢，

織幾多？

織丈八唔●够哥哥做鞋襪，

阿哥打妹三巴掌，

阿嫂打妹四竹鷄，●

爲乜●來由受嫂氣？

不如今晚弔蠄蟝，

人釣蟛蜞隻隻起，

我釣蟛蜞蛼碁過冇。

（一）「由甲」蟲名，（即蟑蜋）由讀作 ʒɐu 甲讀作 iɐt

（二）「啖」一口也。

（三）「唔」不也。讀若 ŋ̩

（四）「竹鷄」籐鞭也。

（五）「爲乜」因何也。乜讀若 mɐt

31 古姑鷄

古姑鷄，

鴨乸●啼；

啼淌海，

三哥歸，

二哥歸，

歸到大巷口，

買斤猪乸肉，

摘朵猪乸花；

花古鳥鳥聲，

龍船慢慢爬，

爬到九沙海茶居飲啖⚪茶，

龍江引豆角⚫，

豆角引鹹蝦。

〜〜〜〜〜〜〜〜〜〜〜〜〜〜〜

（一）「蝦」母也。讀者二

（二）「啖」一口也。

（三）「豆角」茶名也。

75

32 老鼠仔

老鼠仔，

隨地遊，

亞哥唱妹織絲綢，

織到絲綢伴哥瞇，（一）

哥話威，（二）

嫂話不，（三）

爲乜（四）來由受嫂氣？

不宜（五）担棒去釣蜞蟻，

人釣蜞蟻隻隻起，

我釣蟛蜞基㈥過基。

的的得得過田基，

田基有披㈦檳榔樹，

斬溶斬爛織箐箕；㈧

箐箕載綠豆，

綠豆載蛾眉；

蛾眉有翼長飛去，

蛾眉有㈨翼飛返黎㈩！

（一）「睇」看也。讀若〔...〕

（二）「威」衣裝漂亮也。

（三）「丕」衣裝質樸也。

（四）「為乜」為何也。乜讀若 mɐt

（五）「不宜」與「不如」同。

（六）薹，田基也。

（七）「梘」一株也，讀若 kɐn

（八）「脊笑」竹器名。

（九）「冇」無也。讀若 mɔu

（十）「嚟」與來同。

一隻歌仔甚新鮮

33

一隻歌仔甚新鮮，

灶蝦❶內甲❷契同年，

又共❸蜘蛛借線絡，❹

又共蠄蟧❺借盒❻添，❼

舂米公公揹盒過，

又問蠄蟧揹去邊？❽

蟑尾❾自謝❿開盒睇，⓫

睇見魚鱗共飯粘。

～～～～～～～～

（一）「灶蝦」虫名。

廣州兒歌甲集

（二）「由甲」虫名，（即蜻蜓）由讀 cat 甲讀 jat

（三）「共」向也。

（四）「線絡」線綱也。用以載物者。

（五）「螃蜥」虫名，蜘蛛之一種。

（六）「盒」飾盒也。用以置物者。

（七）「添」再也。

（八）「邊」何處也。

（九）「蠟尾」蜻蜓也。尾讀若 ...

（十）「自謝」蜻蜓振翅聲也。

（十一）「睇」看也。讀若 tai

（十二）「飯粘」即飯粒。

34 唱歌仔

唱歌仔，

好歌音，

唱出魚歌笑吟吟，

白魚仔，要去嫁，

鱅婆魚仔同佢做媒人。

鯽魚來到門口問：

問佢一因何想嫁鯤？

你想嫁鯤真容易，

快請大眼魚共你擇日晨

五七

擇得明朝好日你去做新人。」

編魚𠺘喔担樑椅，

蝦蟆跳來喜欣欣。

長嘴金魚唔●會喊●，

鰱魚喊到眼邊紅！

鯇魚聽見來飲酒，

泥鰍扁嘴吹橫笛，

生魚打鼓向前行，

鯨魚蠢鈍不知聞！

〔一〕「唔」不也。讀若〝
〔二〕「喊」哭也。

35 打掌仔

打掌仔，

買鹹魚，

鹹魚淡，

買鳥欖；

鳥欖甜，

買隻添、㊀

人唔㊁俾，

頓地摲㊂返錢別處買，

淩牙甜，

甜甜牙，

攋啖茶，（四）

茶又凍，

吸屎甖，

屎甖有條虫，

捐（五）入阿口（六）個（七）鼻哥窿！（八）

（一）「添」再也。

（二）「唔被」不與也。唔讀者m

（三）「攋」取也。讀若loh

（四）「啖茶」一口茶也。

（五）「捐入」惹入也。

（六）「口」填入聽者名字。

（七）「佢」的也。

（八）「鼻哥窿」鼻孔也。

36 拍大脾

拍大脾，

唱山歌，

人人欺貧我冇● 老婆！

的起❷ 心肝黎撈● 個，

有錢娶過千金姐，

冇錢娶過豆皮● 婆！

痾● 屎痾一籮，

痾屎冲大海，

痾屎打銅鑼！

心一堂 粵語・粵文化經典文庫

（一）「冇」無也。讀若 mou

（二）「的起心肝」下决心也。

（三）「黎撈圍」卽娶妻也。

（四）「豆皮婆」斑面婦也

（五）「祠」放也。

37 愛愛愛

愛！愛！愛！

愛大乖姑嫁秀才，

唔❶嫁秀才父嫁官；

嫁官又有官廳坐，

八人抬轎入衙門，

入到衙門金狗吠，

入到官廳鷄又啼；

上廳點火下廳光，

照見新人擺嫁粧，

心一堂 粵語・粵文化經典文庫

十隻大船搬嫁粧，

十隻戒指响鈴琅；

金漆枕頭銀漆櫃，

縐紗蚊帳象牙牀。

（一）「唔」不也。讀若⋯⋯

89

38 愛姑乖

愛姑乖，

愛姑眠，

愛姑唔❶眠大够❷先；

先得阿姑一身籐條痕，

眼淚唔乾又去眠。

（一）「唔」不也。讀若二。

（二）「大够」大覺也。

39 愛姑乖

愛姑乖，

愛姑大，

愛姑大來嫁後街；

後街又有鮮魚鮮肉賣；

又有鮮花戴，

戴唔晒❶，

拉去大新街：

丟落牀頭被老鼠拉，

大新街有人打醮，

91

跪落床頭擺飯焦，（一）

擺到飯焦又冇（二），

買魚買肉買隻大蝦公，

蝦公跌落鑊，

仔爺仔乸（四）箕（五）蝦売，

箕到脊箕（六）零一大鑊。

蝦売頭似竹売，

蝦尾似木鑿！

（一）「唔晒」不盡也。「晒」讀若sai。

（二）「飯焦」鑊底乾飯。

（三）「冇」無菜也。「冇」讀若mou。

（四）「仔爺」「仔嫲」父母子女也。嫲讀若馬。

（五）「篾」剎也。

（六）「篛篾」竹器名。

93

40 一個細蚊

一個細蚊●咁●精伶，

一隻魚船去到京，

去到南雄買一斗米，

去到南京重有五升，

爹娘問佢咁細食？

食小愁多幹路程！

（一）「細蚊」小孩子也。

（二）咁「這樣也」讀若 kom

41 大哥哥

大哥哥：

彼●枝青竹漢●大堂，

今年姑仔●嫁，

明年娶大嫂；

十隻龍船尾爬爬；

爬上江路飲啖茶，

茶又淺，

飲又淺，

二哥打二嬸，

二嫲走上閣，

貓兒倫蜆壳，

狗仔變豆角，

狗仔族族去掘田，

望見姐夫來拜年，

担櫈姐夫坐，

大雨猪水淰㈣雞公，

雞公飛上江花樹，

嚇得亞哥面紅紅。

（一）「佢」以也。

（二）「溓」擔也。

（三）「姑仔」小姑也。

（四）「淥」淋濕也。

97

42 阿嬸嬸

阿嬸嬸，

打對耳環鍍半金，

入到花園漏減隻，

扒開花樹採花心；

人家採花三個月，

我家採花大半年；

石仔义來硬我腳，

竹絲义來刺我裙；

刺爛我裙無掩●補，

十條紗線補唔❶匀。

(一)「掩」布塊也。
(二)「唔」不也。讀若...

43 阿公公

阿公公，

你勿撐船入我涌；

我涌椏有●丹桂樹，

丹桂開花朵朵紅，

大姊行埋●摘一朵，

二姊行埋摘一掬，

三姊行埋彩袖儂●，

儂去邊？●

儂去姊姊妹妹處織燈籠，

心一堂 粵語‧粵文化經典文庫

燈籠點⑤樣織？

蔑白結成紗紙封，

上崗風吹熄，

落崗雨淋溶，

（一）「披」株也。讀者Por

（二）「行埋」行近也。

（三）「袖僲」取而去也。

（四）「邊」何處也。

（五）「點」何也。

101

44 亞駝駝

亞駝駝，
賣燒鵝；
燒鵝貴，
賣過世；
燒鵝平，
亞駝無命。

45 阿矇矇

阿矇矇，
買檸檬，
跌左●滄，
漏左碗，
阿矇喊陰功：
佢話眞係窮，
不如去做官。
當嘅●係堂官●
買嘅係檸檬，

不如去做千總。

（一）「跌左」即「跌掉」也。

（二）「嘅」的也。

（三）「堂官」乃唱禮夫役，粵俗婚娶多雇用之。

46 點虫虫

點虫虫，
虱飛去；
荔支基，
荔支熟；
無定僕(一)，
僕去阿女個鼻窿(二)！

(一)「僕」飛也。

(二)「鼻窿」即「鼻孔」。

八一

47 点脚冰冰

點脚冰冰，
男在南山；
鯉魚蝦公：
牛蹄馬蹄；
是但叔買：
一隻爛臭豬蹄。

48 點貓貓

點貓貓，

貓婆寶，

問你捉豬又捉牛？

捉到黃牛三百兩，

球瑞球；

開花點鼓油，

一人甲●住好開行！

（一）「甲住」即「一共也。

49 点至崩崩

點至崩崩，

崩崩作東，

鯉魚下冲〔一〕。

豬骨魚肋，

肋肋魚腮，

時時縮埋〔二〕一個脚仔。

（一）「冲」與涌同。

（二）「縮埋」卽縮住，

原書缺頁

原書缺頁

51 豆花花

豆花花，

跌落酒埕拿，

大哥斟酒妹斟茶，

斟得茶來妹又嫁，

連忙掘地種青蔴。

種得青蔴織緞布，

條條紗尾起銀花，

織條手巾七八丈，

搭落「門龍」妹綉花。

52 西園菱角

西園「菱角」兩頭尖，

「蓮子」落塘擺八仙；

八仙擺開「珍珠粒」，

行下直落「繡球」橋；

「金橘」轉紅又轉綠，

「龍眼」變青又變黃；

「金橘」指開「波羅」漢；

「慈菇」半夜坐歌基，

坐到三更出告示：

心一堂 粵語・粵文化經典文庫

「龍眼」過圍探「荔支」，

點着燈籠才照屋，

照見「香櫞」指手閙「黃皮」，

「黃皮」又閙「珠砂桔」，

嚇得「油柑」滾滿地；

嚇得「西瓜」跳落水泥，

「白欖」聽聞無地企，

「風栗」聞之又退皮！

蝦打鼓，

魚打鑼，

蜢蜞蝦蟆飲燒歌，

八九

113

吽醒阿矇來透火〇，

一拳打爛個大沙堡〇—

（一）「透火」起火也。

（二）「沙煲」瓦器之一種。

114

西園菱角

西園「菱角」兩頭尖，

菱角落塘擺八仙；

八仙擺落「珍珠」粒，

珍珠擺落「繡珠蓮」；

菱角紅還着綠，

「金惱」着青「李」着黃；

金橘子重大過「婆羅」漢，

今晚「慈菇」坐歌堂：

三更鼓，

門⦿開⦿時，

『龍眼』過園偷荔支，

菱角揸槍來打你，

嚇得『油柑』碌⦿墮地；

『白欖』聽得嫌熱氣，

『香櫞』瓷錯賴『黃皮』。

（一）『門』閉也。讀若（ˊ）

（二）『閂門』街口遮門。

（三）『碌』跌也。

54 菱角落塘尖對尖

『菱角』落塘尖對尖，

『蓮子』開花擺八仙；

『石榴』爆子『珍珠』粒，

『椰欄』樹上掛『川蓮』，

『菱角』穿紅和著綠，

手抱『琵琶』身著禾，

『慈菇』今晚坐歌堂，

坐到三更添『桂子』，

『龍眼』過園偷『荔枝』；

荔枝哭，

儂『沙梨』，

『香櫞』指鬧『黃皮』，

黃皮鬧過『珠砂橘』，

嚇得『油柑』子碌●滿地，

嚇得『五子果』跳聲跌過隔離，

嚇得『疏麻柚』面青青。

（一）『碌』跌也。

55 荔支樹頭丁聊鐺

荔支樹頭丁聊鐺一,

菱角開花撒滿堂;

韭菜圓心心裏白,

雞春二皮白裏頭黃;

雷公打得無椎鼓,

月光點得冇三油燈;

鷓鴣着得花彩領,

鳳凰着得冇頭裙。

(一)「丁聊鐺」是一種狀聲名詞。

（二）「難產」即係難蛋。

（三）「冇」無也。讀若mou

56 官達菜

官達菜，

朵朵開，

大哥摘〇 妹摘菜執到荷包袋，

打發三妹嫁秀才；

一嫁秀才二嫁官，

四人抬嬌入衙門，

入到衙門狗仔好好吠，〇

入到官廳雞乂啼，

入到衙門被金雞角，

米●被金鷄破斷晞！

~~~~~~~~~

（一）「搣」拿也。讀若二。

（二）「好好」犬吠聲，

（三）「米」不可也。

心一堂 粵語・粵文化經典文庫

57 豆角仔

廣州兒歌甲集

豆角❶仔，

曲彎彎；

曲去密微山，

紫微山有個菩薩仔：

亞哥拜，

我又❷拜；

亞哥林禽吃減奶。

雞肝雞肉亞哥吃埋晒❸。

❶「豆角」蔬菜之一種。

123

（二）「又」亦也。

（三）「吃埋晒」係自己全吃。

58 麻車瓜

麻車瓜，

石厦劉，

竹園冲大步頭●，

前世唔●修嫁若蘇洲，

菩袋芋仔無一顆。

（一）大步頭●碼頭也。

（二）「唔」不也。讀若，

一〇二

59 金錢酒

金錢酒，

兩隻鵝；

鵝去邊❶？

鵝去大近婆，

大近婆唔❷在邊，

門埋❸門，

拾猪屎；

猪屎臭，

蘿蔔頭。

蘿蔔開花官飲酒，

梅花跌落酒杯心。

（一）「邊」何處也。

（二）「唔」不也，讀若ng。

（三）「閂埋門」即「閉着門」。

一○三

60 一被樹仔

一被●樹仔倭披披，
花襲又融仔又多；
今日高堂陪姊坐，
一雙鳽蝶伴鷯哥；
伴到五更姊又嫁，
點着提籠送伴娘。
伴娘頭上菊花香；
菊花奸浸酒，
菊花奸浸茶，

茶了茶，

花了花，

點着銀燈織幼蔴；

織起幼蔴織幼布，

條條衫領起銀花；

長毛巾，搭房門；

短手巾，

抹茶盆；

抹到茶盆光了光，

照見新娘搬嫁裝，

搬到官廳處，

一〇五

問娘開樻淨㈡開箱？

開着個打頭樻，

紅紅綠綠咁㈢好衣裳，

上樻點燈下樻照，

照見新人乜咁㈣嬌！

新人脚踏金鉸椅，

帶朵瑢花震震搖，

上着綾羅下着紗，

珍珠瑪瑙當泥砂。

（一）「柀」抹也。讀若por

（二）「淨」或也。

（三）「咁」這樣也，讀若 kɔm

（四）「乜咁」即何爲如此也，乜讀若 mat

61 金荔支

金荔支，
玉綉球；

乜誰❶領過我妹多杯酒？

去歸重重疊起高樓：

第一官廳金板障，❷

第二官廳銀蕩❸牆，

第三官廳雞拍翼，

四便四邊义瘷❹金。

（一）「乜誰」何人也，「乜」讀若……

（二）「板障」隔厲室木板也。

（三）「瀉」搶也。

（四）「癋金」貼金瘤也。

62 枇杷葉

枇杷葉，

三燕花，

你大姊先生淨●後生？

先生係我姊，

前生係我兒！

請先生來坐下哪！

紙扇清風梁●大姐，

破柴燒水陸●先生，

井底開花蝴蝶聞難以取，

粉牆畫桃馬騮④難吞。

（一）「淨」或也。

（二）「梁」涼字變開●

（三）「崽」淥字變開，熱也。

（四）「馬騮」猴子也。

一一一

63 白欖仔

白欖仔，

暗暗香；

大哥買歸阿嫂嘗，

阿嫂唔❶嘗俾過細姑娘；

細姑娘得食隨街唱，

果然大嫂痛❷姑娘！

（一）「唔」不也。讀者

（二）「痛」愛也。

64 金欖核

金欖核，

兩頭尖；

大嫂穿針劉帶服，

二嫂抬頭嫁六姑，

三嫂打對連球鈀，

四嫂穿起紅衣襯（一）綠裙。

（一）「襯」陪也。

65 金橄核

金橄核，

兩頭尖，

第一大哥留妹過今年，

今年又有下年去，

下年花轎到門前。

第一大哥頭鑼傘，

第二阿哥金鳳冠，

燕脂水粉三哥買，

腳踏花鞋四哥裝，

頭面衣裳五哥置，

金盈手鈪六哥裝，

七哥買檯兼買椅，

八哥一席象牙床，

九哥金打床凭（一）銀打瓔，

十哥四邊珍珠掛滿象牙床，

十個哥哥打扮一個妹，

十分容易，勢唔（二）俾妹過人彈！

（一）「床凭」床前橫木也。

（二）「勢唔」卽不願也，唔讀若……

（三）「彈」惡的批評也。

66 金欖核

金欖核，

兩頭尖，

大哥留妹過新年，

留來留去留唔❶住：

一頂花轎到門邊；

大哥打辦紅羅傘，

二哥打辦金鳳針，

胭脂水粉三哥買，

脚著花鞋四哥裝，

五哥便買廣州箱，

綠檯綠椅六哥裝，

七哥便買潮洲櫈，

八哥便買象牙牀，

九哥便買猴子箱；

十個亞哥，

十個亞嫂，

十個兵馬伴姑娘，

行到橋頭燒坎⊖炮，

誰人嫁女最英雄！

⊖「唔」不也，讀若……

（一）「燒吹炮」即燒一炮也。

67 大哥一把金羅傘

大哥一把金羅傘，

二哥一對金嫩鞋，

金漆枕頭三哥買，

紅剃綠椅四哥裝，

五哥打釵和打鈕，

六哥辦妹衣裳，

七哥買個洪州檳，

八哥買貴州箱，

九哥買龍鬚蓆；

143

十哥買張桂柱蘭牀，

珍珠帳掛金鈎，

雙科龍鳳趁蘇州，

金打牀埃。

十個亞哥打扮一個亞妹，

邊⊖家邊主得我咁⊜英雄？

~~~~~~~~~~

（一）邊卽何也。

（二）「咁」廣讀也。讀者 *kom*

心一堂 粵語・粵文化經典文庫

一二〇

68 落雨大大

落雨大大水浸街，

阿哥担柴上街賣，

阿嫂敎我做花鞋；

花鞋花脚帶，

一串珍珠兩便排。

阿姑姑，

担水賴❶葫蘆，

賴得葫蘆瓜吐❷大，

人人都話阿姑乖。

（一）「賴」以水淋也。

（二）「咁」如此也。讀若ᵏᵃᵐ。

69 落大雨

落大雨，

繞辮角，

先生勿放學，

學生偷錢買菱角，

遇着先生返來打頭殼！

70 落大雨

落大雨，

拉天窗，

綿紗好賣織多張，

十二十一去龍江；

龍江有個大藕塘，

愛食藕，

嫁藕塘，

愛慈菇，

嫁泮塘。

愛行大路嫁新興。

愛食細茶嫁梅嶺，

一二五

149

71 落雨雨

落雨雨，

去睇❶燈，

唔❷見花鞋共手巾，

邊個❸執到俾番❹我，

買盒細茶謝你恩！

一盒細茶唔打緊，

個對花鞋值得一萬銀！

鞋頭種三竿竹，

鞋尾種得一籮薑。

（一）「睇」者也，讀若 tai

（二）「唔」不也，讀若 m

（三）「邊個」何人也。

（四）「番」與「反」同。

151

72 哥哥抱妹去睇燈

哥哥抱妹去睇❶燈，
跌落花鞋共手巾；
手巾唔❷打緊，
跌落花鞋失禮❸人；
鞋頭種得三椏❹竹，
鞋尾掘得四籮薑！
中間撐得官船過，
四邊⑾便賣得檳榔。

（一）睇看也。讀若 tɐi。

（二）「唔」不也讀若[m]

（三）「失禮人」即「見羞」之意。

（四）「披」株也讀若[pʰ]

153

73 小小蚊蟲嗡嗡嗡

小小蚊蟲嗡嗡嗡，

飛到西來飛到東；

一飛飛到小帳中，

咬得我嘅●肌膚紅义腫，

我地●要絕佢地種，

第一要陰溝開開通！

（一）「嘅」「的」「之」也。

（四）「我」地即我們。

心一堂　粵語・粵文化經典文庫

秋蟬喊

秋蟬喊·〇
荔支熟；
亞婆喊，
買豬肉；
人人喊，
俾滾水淥·〇
細蚊仔〇喊，
俾米升局！

（一）「喊」哭也。

（二）「淥」淋濕也。

（三）「細蚊仔」小孩也。

85 姑丈担櫈

姑丈担櫈孩兒坐，

孩兒坐落就劏❶雞；

雞會在門前喔喔啼，

不如劏隻鴨；

鴨又嫌鴨毛多，

不如劏隻鵝；

鵝又嫌鵝頸長，

不如劏隻羊，

羊又嫌羊腳叉❷；

廣州兒歌甲集

一二三

不如劏隻馬;

馬又會送君出步頭，（二）

不如劏隻牛;

牛會耕田養人口，

不如劏隻狗;

狗會東西方有人來都知！

不如劏隻大貓兒;

貓兒又會捉老鼠，

不如劏隻大肥豬;

肥豬會食主人三斗祿;

主人食他三塊肥豬肉！

（一）「劏」殺也，

（二）「步頭」卽碼頭，

79 第一高樓

第一高樓銀門限，

第二高樓銀石街，

第三高樓銀板樟，㊀

第四高樓廚房對落金坫板，

金桶打水銀竹篙，

金護黃被銀護蓋，

貓兒頭上帶上珠冠一箱，白鳳一箱，

鷄飛去河南唔㊁見歸，

亞哥担梯上樹梁，

望見係河南花樹脚，

一隻生蛋一隻步〈四〉仔，

出齊毛翼一齊歸。

（一）「板障」隔房室木板也。

（二）「唔」不也。讀若二

（三）「步」卽孵。

77 歌細歌不正娟

歌細歌不正娟，

我係姑婆你係孫，

久久番（一）來睇（二）下大，（三）

莫聽姑丈話唔嚟。（四）

（一）「番」與「回」同，

（二）「睇」看也。問候也。讀若［ ］

（三）「大」母視也。

（四）「話唔嚟」即不來也。唔讀若［ ］

162

78 順風順水過沙灣

順風順水過沙灣，
逆風逆水過河南，
河南有間金花廟：
鬌鬌[一]大姊求仔生，
許落雞春和鴨蛋，
個時[二]牛仔個時還！

（一）「鬌鬌」謂求嫁女子，讀若「多多」。

（二）個時何時也。

79 白衫仔

白衫仔，

梳個（一）辮，

口仔紅紅瓜子面，

井頭担水多人見，

上山担柴多人錢（二）。

（一）「個」條也。

（二）錢愛看也。

80 天井仔

天井仔，
種芥菜；
霧水淋淋花就開，
崩沙蝴蝶兩頭來；
心抱❶仔，
心抱新；
出來唔吼❷人，
恃你家婆❸大諾品，
恃你丈夫有錢人！

（一）「心抱」即媳婦，

（二）「唔」不也。讀若二

（三）「家婆」即家姑。

81 一條大鬆辮

一條大鬆辮，

兩條壽字帶；

三分近視眼，

四色褌頭帶，

五粒燒青鈕，

六條辮尾線，

七寸干烟筒，

八塔貂尾扇，

九分錐嘴鞋，

十分相公仔！

82 旋旋轉

旋旋轉，

菊花園，

炒米飯，

糯米團，

阿媽叫我睇一龍船，

我唔二睇，

睇鷄仔，

鷄仔大，

捉去賣，

賣得幾多錢？

賣得三兩錢，

得來買膏父買鹽。

（一）「睇」看也，讀若 tai

（二）「唔」不也，讀若 ŋ

83 大姊嫁

大姊嫁，
二姊愁，
灶頭碗碟無人收。
拈(一)起沙盤無滴水。
拈起粥窩眼淚流。
磨穀無人來帮手，
舂米無人定碓頭！

（一）「拈」拿也。

84 一隻花碗

一隻花碗打爛十三邊，

我爹出外十三年，

我未落床爹就去；

梳起盤龍爹未歸，

人爹聽錢打扮女，

我爹聽錢打扮路頭妻！

保佑路頭妻死晒，（一）

等我爹早去早回歸！

（一）「晒」盡也。

85 鋣蓮子

鋣●蓮子，

鋣蓮塘，

鋣開蓮子愛何方？

何方何別處，

東方東別來。

九月九，

齊齊竪起手，

請個雷公來劈蘭花手！

ˊˋˋˋˋˋˋˋ

（一）「鋣」割開也。讀若界

86 搖櫓櫓

搖櫓櫓，
賣櫓櫓，
阿爺撐船過海娶心抱[一]，
心抱有乜●歸？
有條大魚歸，
一手破開三四索：
坐樓坐地起番塔；
番塔高，
起葫蘆，

葫蘆三塊葉，

豆角㊁三條鬚，

花燈盞，

石琉璃，

瓦飯蓋，

覆箐箕㊃，

鷄仔埋㊄籠立亂㊅飛

（一）「心抱」媳婦也。

（二）「有乜」有何物也，乜讀若⋯⋯

（三）「豆角」豆頰。

（四）「箐箕」竹器名。

175

（五）「螳籠」歸籠也。

（六）「立亂」紛亂也。

87 天井仔

天井仔，
種行朶；
大哥入市買猪仔，
小弟讀書好文才，
方才筆筆狀元才。

88 龍舟舟

龍舟舟，

出街遊；

姊妹行埋●勿打鬥。

龍點龍尾添福壽，

老少平安剃白頭！

（一）「埋」近也。

89 排排坐

排排坐，

吃果果。

猪拉柴，

狗燒火，

貓兒抽㯂姑婆坐，

阿崩㊀吹簫送姑婆。

（一）「阿崩」，缺口人也。

90 点着花燈

點着花燈拜大神，

保佑亞爹多聽銀，

聽到白銀起大屋，

年年買盡大花燈！

心一堂 粵語・粵文化經典文庫

91 門神公

門神公，

吃口檳榔口唇紅❶；

男人行過摘兩朵，

女人行過衫袖攏❷；

行到橋賴❶棉朵，

番❺來摘朵又唔❸紅，

攞來也❹？

攞來起大屋；

起得高，

風吹倒；

起得矮，

月細巢，

兩邊兩個鳳，

出頭點火入頭紅，

照見太娘吃乜飯⑤，

吃條赤乃望天龍，

一碗虱乸⑥一碗虫！

（一）「賴」灌漑也。

（二）「番」與「反」同

（三）「唔」不也，讀若ㄇ

（四）「乜」即「什麼」，讀若 kom

（五）餚即菜色。

（六）姼同母讀若

92 家家去買冬瓜

家，家，家，去買瓜，

冬瓜有郎❶，

食黃糖；

黃糖有砂，

食西瓜；

西瓜有核，

食蒲突❷；

蒲突甘，

食人參；

人參貴，

食蝦米●；

蝦米平，

食人形。

（一）「郎」與「瓤」同。

（二）「蒲突」卽苦瓜也。

（三）「蝦米」蝦之晒乾者。

93 香包一個

香包一個薄微輕，

送來薄物我心誠；

今秋大寶安排定賀喜，

紅箋女子，

雁塔題名。

94 圓姑碌

圓姑碌，

圓妹擂，

亦無肝亦無毛，

我今送你番●大去，

免在凡間送一刀！

（一）「番大去」卽囘去。

95 聤聤叮叮

聤聤〔一〕叮叮，

椰子夾酸薑，

雞擺蛋〔二〕崇十五樣。

又担旗，

又担槍。

〔一〕聤聤叮叮是一種聲音。

〔二〕「擺」即混茶而食也

96 忙舉步

忙舉步，

出街邊，

出街過去一隻麻鷄巷⊖，

姊妹齊心捉鷄剖，

千金去毛逢金撤腳，

鳳蘭燒水鳳桂通腸。

（一）「鷄巷」雄鷄未劏者

189

97 各耕各鋤

各耕各鋤，
蝦米❶煮田螺，
新婦偸食賴❷家婆。
家婆去涌邊，
讀大呼天！
行到里門執❸粒穀，
食到年初六，
有的乜嘢❹餟？❺
有的白鹽炒蝦公，

190

有的大奶望天龍，

（一）蝦米小蝦乾也。

（二）「頼」訛也，

（三）「執」拾得也，

（四）「乜嘢」何物也，乜讀若㖭嘢讀若野。

（五）「餸」菜也。

98 眞好笑

眞好笑，

住茅寮，

風吹竹葉好過吹簫；

日間有太陽照，

夜間有月來朝，

一世唔●憂柴共●米，

又唔憂大賊刼茅寮！

（一）「唔」不也，讀若 m。

（二）「共」與也。

99 你唱歌要嘵嘵聲

你唱歌要嘵嘵聲，

不要好似田頭蛤㜑[一]聲；

我三月耙倒[二]你，

咬斷你脚骨做三牲。

（一）「蛤㜑」雌蛙也。

（二）「倒」與到同。

100 我冇歌

我冇❶歌，

我冇鵝，

細時我食隻冇頭鵝，

唔❷係爹娘甘我食，

自己鶬鵝冇奈何。

（一）「冇」無也。讀若：：。

（二）「唔」不也。讀若：：

書名：廣州兒歌甲集
系列：心一堂　粵語・粵文化經典文庫
原著：劉萬章 著
主編・責任編輯：陳劍聰

出版：心一堂有限公司
通訊地址：香港九龍旺角彌敦道六一〇號荷李活商業中心十八樓〇五一〇六室
深港讀者服務中心：中國深圳市羅湖區立新路六號羅湖商業大廈負一層〇〇八室
電話號碼：(852) 67150840
網址：publish.sunyata.cc
淘宝店地址：https://shop210782774.taobao.com
微店地址：　　https://weidian.com/s/1212826297
臉書：　　　　https://www.facebook.com/sunyatabook
讀者論壇：　　http://bbs.sunyata.cc

香港發行：香港聯合書刊物流有限公司
地址：香港新界大埔汀麗路36號中華商務印刷大廈3樓
電話號碼：(852) 2150-2100
傳真號碼：(852) 2407-3062
電郵：info@suplogistics.com.hk

台灣發行：秀威資訊科技股份有限公司
地址：台灣台北市內湖區瑞光路七十六巷六十五號一樓
電話號碼：+886-2-2796-3638
傳真號碼：+886-2-2796-1377
網絡書店：www.bodbooks.com.tw
心一堂台灣國家書店讀者服務中心：
地址：台灣台北市中山區松江路二〇九號1樓
電話號碼：+886-2-2518-0207
傳真號碼：+886-2-2518-0778
網址：http://www.govbooks.com.tw

中國大陸發行　零售：深圳心一堂文化傳播有限公司
深圳地址：深圳市羅湖區立新路六號羅湖商業大廈負一層008室
電話號碼：(86)0755-82224934

版次：二零一八年十二月初版，平裝

定價：　港幣　　　九十八元正
　　　　新台幣　　四百五十元正

國際書號 ISBN 978-988-8582-17-4

本文庫主要輯入晚清及民國初年（一九一二—一九四九），有關兩廣（廣東、廣西）地區在方言、風俗、地方文化、生活、掌故、史地等專著復刻出版，以饗讀者。因部份原書出版時條件所限，及經多年老化，部份地方有模糊不清處，為保存原書原樣式，不作更改，仍按原樣修復復刻出版，並請讀者諒解。

本書於一九二八年初版，兒歌集一般都收錄流行口不止三數載的舊作。故此集中兒歌，普遍當近百年歷史，或多為清末民初流行於粵語地區的珍貴民間文學作品。

其中如「排排坐，吃果果」、「雞公仔，尾彎彎」、「月光光，照地堂」等，到了二十一世紀的今天仍在民間傳誦。本集搜羅多個早期版本，當可作為現今粵語地區幼兒教育、母語教學的上佳教材。這些兒歌，極可能是二十一世紀粵語區小孩的祖輩、曾祖輩、高祖輩傳唱過！以粵語為母語的家長，正宜人手一部，支持粵語和粵文化的傳承工作。

兒歌又能反映當時社會風俗和民生百態，本集又可作為民俗學、語言學研究的輔助資料，彌足珍貴。

ISBN 978-988-8582-17-4

9 789888 582174

HKD: 98
NT：450

上架建議：語言/粵語